孙子兵法

——第三十册

上海人民美术出版社

浙江人民美术出版社

目 录

孙子曰：地形有通者，有挂者，有支者，有隘者，有险者，有远者。我可以往，彼可以来，曰通。通形者，先居高阳，利粮道，以战则利。可以往，难以返，曰挂。挂形者，敌无备，出而胜之；敌有备，出而不胜，难以返，不利。我出而不利，彼出而不利，曰支。支形者，敌虽利我，我无出也，引而去之，令敌半出而击之，利。隘形者，我先居之，必盈之以待敌；若敌先居之，盈而勿从，不盈而从之。险形者，我先居之，必居高阳以待敌；若敌先居之，引而去之，勿从也。远形者，势均，难以挑战，战而不利。凡此六者，地之道也，将之至任，不可不察也。

故兵有走者，有弛者，有陷者，有崩者，有乱者，有北者。凡此六者，非天地之灾，将之过也。夫势均，以一击十，曰走。卒强吏弱，曰弛。吏强卒弱，曰陷。大吏怒而不服，遇敌怼而自战，将不知其能，曰崩。将弱不严，教道不明，吏卒无常，陈兵纵横，曰乱。将不能料敌，以少合众，以弱击强，兵无选锋，曰北。凡此六者，败之道也，将之至任，不可不察也。

夫地形者，兵之助也。料敌制胜，计险易、远近，上将之道也。知此而用战者必胜，不知此而用战者必败。故战道必胜，主曰无战，必战可也；战道不胜，主曰必战，无战可也。故进不求名，退不避罪，惟民是保，而利合于主，国之宝也。

视卒如婴儿，故可与之赴深溪；视卒如爱子，故可与之俱死。厚而不能使，爱而不能令，乱而不能治，譬若骄子，不可用也。

知吾卒之可以击，而不知敌之不可击，胜之半也；知敌之可击，而不知吾卒之不可以击，胜之半也；知敌之可击，知吾卒之可以击，而不知地形之不可以战，胜之半也。故知兵者，动而不迷，举而不穷。故曰：知彼知己，胜乃不殆；知天知地，胜乃可全。

　　孙子说：地形有通形、挂形、支形、隘形、险形、远形六种。我们可以去，敌人可以来的地域叫做通形。在通形地域上，应先占领视界开阔的高地，保持粮道畅通，这样作战就有利。可以前出、难以返回的地域叫做挂形。在挂形地域上，如果敌人没有防备，就可以突然出击而战胜它；如果敌人有防备，出击又不能取胜，难以返回，就不利了。我军前出不利，敌军前出也不利的地域叫做支形。在支形地域上，敌人虽然以利诱我，也不要出击，而应率军假装败走，诱使敌人出来一半时再回兵攻击，这样就有利。在隘形地域上，我们应先敌占领，并用重兵封锁隘口，以等待敌人的到来。如果敌人先占领隘口，并用重兵据守隘口，就不要去打；如果敌人没有用重兵封锁隘口，则可以去打。在险形地域上，如果我军先敌占领，必须控制视界开阔的高地，以等待敌人来犯 如果敌人先占领，就应引兵撤退，不要去打它。

在远形地域上，双方处于势均力敌的状态，不宜挑战，勉强求战，就不利。以上六条，是利用地形的原则。这是将帅的重大责任所在，不可不认真考察研究。

军事上有"走"、"弛"、"陷"、"崩"、"乱"、"北"等六种必败的情况。这六种情况，不是天时地理的灾害，而是将帅的过错造成的。凡是地势均同而以一击十的，必然败逃，叫做"走"。士卒强悍，军官懦弱的，指挥必然松弛，叫做"弛"。军官强悍，士卒懦弱的，必然战斗力差，叫做"陷"。偏将怨怒而不服从指挥，遇到敌人擅自率军出战，主将又不了解他们的能力，必然如山崩溃，叫做"崩"。将帅懦弱又无威严，训练没有章法，官兵关系混乱紧张，布阵杂乱无章，必然自己搞乱自己，叫做"乱"。将帅不能正确判断敌情，以少击众，以弱击强，作战又没有尖刀分队，必然失败，叫做"北"。以上六种情况，都是造成失败的原因，将帅的重大责任所在，是不可不认真考察研究的。

地形是用兵的辅助条件。判断敌情，为夺取胜利，考察地形险易，计算道路远近，这是高明的将领必须掌握的方法。懂得这些道理去指挥作战的，必然会胜利；不懂得这些道理去指挥作战的，必然会失败。遵照战争规律分析，有必胜把握的，即使国君说不打，坚持打是可以的；遵照战争规律分析，没有必胜把握的，即使国君说一定要打，不打也是可以的。进不企求战胜的名声，退不回避违命的罪责，只求保全民众符合国君的利益，这样的将帅，才是国家的宝贵财富。

对待士卒像对婴儿，士卒就可以跟他共赴患难；对待士卒像对爱子，士卒就可以跟他同生共死。对士卒厚待而不使用，溺爱而不教育，违法而不惩治，那就好像骄惯的子女一样，是不能用来作战的。

只了解自己的部队能打，而不了解敌人不可以打，胜利的可能只有一半；了解敌人可以打，而不了解自己的部队不能打，胜利的可能也只有一半；了解敌人可打，也了解自己的部队能打，而不了解地形不利于作战，胜利的可能也只有一半。所以懂得用兵的人，他行动起来决不会迷惑，他的战术变化不致困窘。所以说，了解对方，了解自己，争取胜利就不会有危险；懂得天时，懂得地利，胜利就可保万全。

内容提要

本篇是我国最早的有关军事地形学的精辟论述。孙子在这里集中探讨了利用地形的重要性，提出了在不同地形条件下军队作战的若干基本原则，辩证地揭示了敌情与军事地理的相互关系。

孙子根据当时实战的具体要求，具体列举了军队在作战中可能遇到的六种地形，并就此提出了详尽、适宜的用兵方法。基于"地形者，兵之助也"这一精辟论断，孙子主张将帅要重视对地形的观察和利用，并且将判断敌情同利用地形两者密切地联系起来，这就是所谓："料敌制胜，计险易、远近，上将之道也。"

孙子进而讨论了由于将帅指挥失当而导致军队失败的六种情况——"六败"。他细致剖析了"六败"的原因，指出这缘于人事，而非天意："非天地之灾，将之过也。"他对将帅提出了严肃的道德要求："进不求名，退不避罪，惟民是保。"这一识见，是封建时代那些唯主上之命是从的庸人所无法望其项背的。

在本篇中，孙子还阐述了官兵关系的基本准则，主张将领既要爱护关心士卒，又要严格治军纪律，做到"爱"、"严"结合，奖惩适宜。这一治军理论，在当时具有一定的进步性。

孙 子 兵 法

SUN ZI BING FA

战例 **李泌居隘设伏击叛军**

编文：冯 良

绘画：钱定华 水 韵

原　文　隘形者，我先居之，必盈之以待敌；若敌先居之，盈而勿从，不盈而从之。

译　文　在隘形地域上，我们应先敌占领，并用重兵封锁隘口，以等待敌人的到来。如果敌人先占领隘口，并用重兵据守隘口，就不要去打；如果敌人没有用重兵封锁隘口，则可以去打。

1. 安史之乱后，唐王朝进一步衰落，各地藩镇拥兵割据一方，朝廷屡次削藩平叛，仍是此平彼起，兵祸连绵不断。百姓苦不堪言。

2. 淮西割据势力李希烈在讨伐叛军时，进爵扩地，野心勃勃。唐德宗建中三年（公元782年），竟勾结叛将反唐，自称天下都元帅。唐德宗兴元元年（公元784年）又自称楚帝，年号武成。

3. 德宗李适急调名将大军征讨，双方都损兵折将，伤亡惨重。从此，李希烈经常患病，兵势日渐衰落。

4. 德宗贞元二年（公元786年）四月，淮西军大将陈仙奇买通医生毒死李希烈，率众降唐，朝廷便封陈仙奇为淮西节度使。

5. 七月，一向被李希烈宠任的淮西兵马使吴少诚又杀陈仙奇，自称节度留后，并且秘密派人召回陈仙奇遣往京西执行防务的淮西精兵。

6. 淮西军门枪兵马使吴法超接到吴少诚密件后，当即率军叛归。唐军得悉后派兵追赶，反被吴法超叛军击败。

7. 朝廷颁急诏，令陕虢（今河南西部）观察使李泌发兵，阻止叛军过河（黄河）。李泌接诏后，立即遣押牙唐英岸率军往灵宝（今河南三门峡西南）阻击。

8. 此时，淮西军已在黄河南岸灵宝附近列阵迎战。为稳住叛军，李泌让灵宝守宰给叛军送去食物，使淮西军不至于剽掠。

9. 第二天,淮西军进至陕州(治所在今河南三门峡西)西七里的地方宿营。李泌即下令不再送食物。为求食,淮西军向陕州进发。

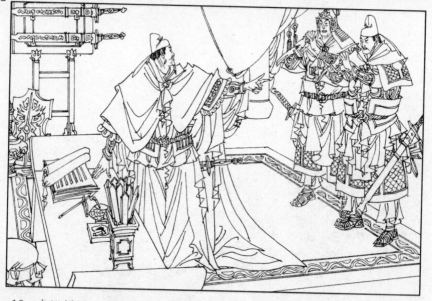

10. 李泌闻讯，派四百名骁勇兵士，分两队在淮西军必经之路，陕州西边的太原仓隘道东西两头设伏。

11. 李泌吩咐将士：待淮西军通过十队兵马时，东边伏兵呼喊"冲杀"，西边伏军也应声喊杀，但不加阻截，让出半道，放叛军败走。

12. 李泌还派军中执法官召集附近村庄的少年，携带弓箭、刀、瓦石，悄悄跟在叛军后面。听到伏兵的喊杀声时，也应声追赶喊"杀"。

13. 又派押牙唐英岸率一千五百名士兵，列阵于涧北。

14. 翌日四更，淮西军走入隘道，两边伏兵突然杀出。叛军疲劳饥渴，惊恐溃乱，死伤四分之一，仓皇向洄北逃窜，又遭唐英岸军阻击，纷纷夺路逃命。

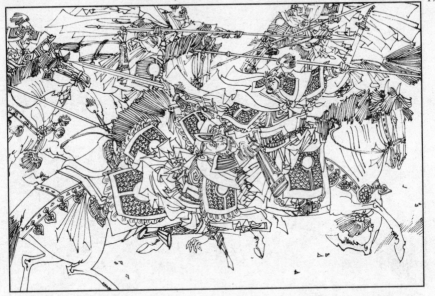

15. 在混乱中，淮西军骡军（淮西少马，精兵均乘骡）兵马使张崇献被唐军生擒。

16. 李泌判断叛军定将分兵从山路南逃，便派部将燕子楚领兵四百人，从炭窦谷小路先到长水（今河南洛宁西长水镇）待敌。

17. 叛军两天未进食，且屡战屡败，在唐英岸追击下，吴法超果然率半数败兵奔向长水。

18. 燕子楚在长水以逸待劳，再杀叛军三分之二，斩杀主将吴法超。朝廷以为李泌兵力不足，派神策军五千步骑赶来助战。援兵未到，李泌已破叛军。

郭进据险待敌击辽师

编文：庄宏安 陈雅君

绘画：梁平波

原　文　险形者，我先居之，必居高阳以待敌；若敌先居之，引而去之，勿从也。

译　文　在险形地域上，如果我军先敌占领，必须控制视界开阔的高地，以等待敌人来犯；如果敌人先占领，就应引兵撤退，不要去打它。

1. 北宋太平兴国四年（公元 979 年）正月,平定南方之后的宋太宗赵光义,召集群臣,商议进伐北汉的计划。

2. 北汉主刘继元称帝太原，臣附辽国。宋太祖时，宋军屡次进攻北汉，都因辽师来援，无功而还。因而多数大臣都反对出兵，只有枢密使曹彬，详细分析了今昔的形势，主张北伐。

3. 宋太宗听曹彬分析有理，决意御驾亲征，攻打北汉。命潘美为北路都
招讨制置使，进攻太原；命郭进为石岭关都部署，截击燕蓟辽兵。

4. 辽景宗耶律贤听说宋兵进攻太原，派使臣到北宋京城，询问宋兵打北汉的原因。宋太宗说："北汉不服从我的命令，理应问罪。辽国如不援汉，宋辽和约如旧。否则，我们也不怕打仗。"辽使见宋太宗措辞强硬，只得悻悻而归。

5. 北汉主刘继元见宋军数路来攻，又是太宗亲征，慌了手脚，派人向辽国求救。辽景宗即派南府宰相耶律沙为都统，与冀王塔尔等领兵星夜驰援。

6. 耶律沙出发后，辽景宗还不放心，又命南院大王耶律斜轸率所属部队相助。

7. 耶律沙进兵至白马岭，见宋军已占据高地险隘，而两山之间有一条宽阔溪流，却急流飞湍，很难泅渡。

8. 耶律沙准备扎营待后续部队到来。塔尔自恃刚勇，说道："相爷未免太怯懦了！你我奉命赴敌，遇敌当然要作战，否则，岂不惹人耻笑。"

9. 耶律沙道："总是小心些为好。你看对面山上，宋军旌旗密布，也不知埋伏多少兵马，我等不探虚实，贸然进击，不要中了敌人伏兵之计！"塔尔不听，率先头部队渡涧。

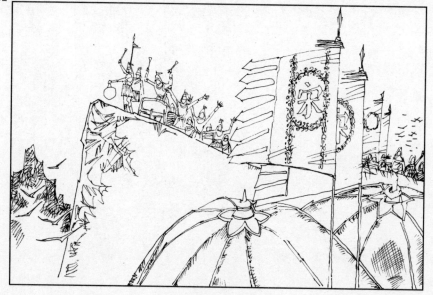

10. 此时，白马岭上，郭进的宋军居高临下，设置了骑兵和弓箭手，见辽军渡涧，敲响战鼓，扬起战旗，大声呐喊，却不出击。

11. 塔尔以为宋军虚张声势，命令兵士迅速渡涧。由于刚下过几场暴雨，
山洪奔腾，水齐腰膝，辽兵只能缓慢前进。

12. 郭进见渡涧辽军队形混乱，便挥动令旗。隘口宋军顿时箭如雨发，辽兵死伤无数。

13. 此时, 宋军一队骑兵冲下山来。刚刚上岸的辽兵, 就被宋军长矛搠翻, 逃回水中的又被洪水冲走。

14. 这一仗，塔尔和他的儿子以及其他五名将领都战死水中，兵士、马匹死伤无数。幸得南院大王耶律斜轸赶到，万箭齐发，方稳住阵脚。

15. 郭进得胜，驰书报捷。这时，太宗御驾方抵镇州（今河北正定），接到郭进捷报，喜道："辽兵已破，石岭关外已无足忧，刘继元外援既绝，这一回太原稳取了！"

38

16. 五月初，宋军进围太原，太宗督诸将急攻，又引汾水灌太原城。刘继元见辽师久久不至，再次派急使往辽，催请救兵。

17. 郭进扼石岭关（今山西阳曲东北关城）之险而守，辽兵一次次的进攻，均被打退，无法越关一步。

18. 刘继元见辽军来援无望，便投降了。等到辽南院大王耶律斜轸率大军赶来，已为时过晚，他闻报北汉主已投降，只好退兵回去。

蒙哥劳师远伐奉丧还

编文：程　鞭

绘画：季源业

原　文　远形者，势均，难以挑战，战而不利。

译　文　在远形地域上，双方处于势均力敌的状态，不宜挑战，勉强求战，就不利。

1. 南宋淳祐十一年（公元1251年），蒙哥继位做了蒙古可汗。他登基后，就着手整顿内部，稳定政权，准备进攻南宋。蒙哥吸取前人进攻江南的教训，决定用绕道西南，迂回南宋侧后，一举攻克临安的战略。

2. 第二年六月，蒙哥命其弟忽必烈进军云南，攻打大理国。

3. 蒙古军攻克云南，接通四川后，蒙哥认为大举攻宋的时机已经成熟，遂于南宋宝祐五年（公元1257年）召开御前会议，商议一举灭宋的作战计划。

4. 刚从云南返回的忽必烈以及谋臣郝经等人认为，南宋还没有败亡的征候，蒙古本国的经济力量也不够充足，一举灭宋的条件尚未具备，不主张立即出师。但蒙哥不予采纳。

5. 南宋宝祐六年（公元 1258 年）二月，蒙古军兵分三路，倾国南下。其中，蒙哥亲率蒙古军主力，准备先攻四川，然后出夔门（今四川奉节东），沿江东进。

6. 对于这一进军部署，忽必烈及其他谋士、部将认为主力西出四川，受大山深谷限制，道路艰险，难以出奇制胜，而对方却可据险防守；而且一路上人烟稀少，无物资可补充，即使到了目的地，也成为强弩之末了。

7. 但蒙哥仍坚持原进军部署。四月，蒙哥亲率西路主力四万人，经六盘山分路入川。

8. 蒙哥率军经过陕西时,病休在家的老臣刘敏抱病求见蒙哥,进谏说:
"中原土旷民贫,劳师远征,恐怕不是很有利的。"劝蒙哥以回师为宜,
蒙哥不听。

9. 蒙古军主力入川后，转战于孤城峭壁之间，逢山必争，遇城必战，苦战经年，疲惫不堪，直至第二年二月，才到达钓鱼城（合州，今四川合川）下。

10. 蒙哥欲东出夔门，与南路军汇合灭宋，必须取道重庆，但现在为钓鱼城所阻。钓鱼城地势险要，位于嘉陵、涪、渠三江汇合处，控制三江上游，屏障重庆。山城四周悬崖绝壁，路若刃背，易守难攻。

11. 守城的合州知州王坚，抗敌意志坚决。山城中拥有军民十余万人，守城兵力达万人左右。王坚发动将士修建城廓、储足粮食、开拓水源，做了充分的准备。

12. 蒙哥见钓鱼城城坚粮丰，难以攻取，就派南宋降官晋国宝前去劝降。王坚听出晋国宝是蒙古军说客，怒吼一声："绑了！"

13. 王坚集合所有将士，在演武场上当众砍了晋国宝，然后对众宣誓道："今后若有敢言降者，这就是他的下场，我若有背叛行为，众位也可砍下我的头！"众将士齐喊："愿永随将军，报效朝廷！"

14. 蒙哥见劝降无效，于是命部将汪德臣进围钓鱼城，掳掠城外近郊居民八万多人。

15. 蒙哥命纽璘率兵到涪州的蔺市（今四川涪陵西）造浮桥，以阻长江下游宋军增援；又亲率各军渡过渠江，进抵钓鱼城下。王坚力战固守。

58

16. 至三月底，蒙古军先后使用各种攻城器材，连续进攻钓鱼城，都被守城军民击退。

17. 四月，蒙古军曾经一度攻入外城，但宋将王坚、张珏利用黑夜率军开城出击，打退蒙古军。

18. 此后，连续二十日均有大雷雨，使得蒙古军攻势顿减。加之蒙古军不服水土，疫病流行，战斗力大为削弱。

19. 蒙哥召集诸将，商讨对策。宿卫来阿八赤认为：屯兵坚城之下，未见其利，不如留少量兵力监视重庆、合州，以主力出夔州，与忽必烈会师攻临安有利。

20. 有的将领认为钓鱼城不日可破，应继续围攻；还有的主张撤兵北归……众说纷纭，蒙哥一时难以决断。

21. 钓鱼城坚守数月，给南宋军民以很大鼓舞。南宋理宗皇帝为了确保上游，任命吕文德为四川制置副使，率军自岳州（今湖南岳阳）逆长江而上，增援四川。

22. 吕文德进抵涪州（今四川涪陵），经力战，突破蒙古军封锁，冲垮了蒙古军浮桥，于六月初到达重庆。

23. 吕文德又率艨艟战舰千余艘，溯嘉陵江而上，增援钓鱼城。至合川
附近，遭到蒙古军史天泽部拦截，被迫退还重庆。

24. 击败了南宋援军之后，蒙哥又督促前锋大将汪德臣挑选精兵在夜间用云梯攻城。鏖战一夜，双方死伤甚多。

25. 天明，汪德臣单枪匹马来到城下劝降。正在喊话，一块大石从城上飞下，打中了汪德臣的右肩，连手中令旗也被击落。

26. 蒙古军主要将领受重伤，又值大雨倾盆，攻城梯折，只好退军。这天傍晚，汪德臣在营中丧命。

27. 久攻钓鱼城不下，蒙哥十分心焦，他令士兵在城前筑一瞭望台，以观察城内布防情况。

28. 王坚闻报，到城头察看，见蒙哥亲自在城下督建，便准备炮石轰击瞭望台。

29. 蒙哥等人刚登上建好的瞭望台，就突然遭到宋军炮石轰击。瞭望台下的蒙古军死伤甚众，蒙哥也中了飞石，身负重伤。

30. 不久蒙哥伤重而亡，蒙古军只好扶柩北撤。蒙哥在双方实力并非十分悬殊的情况下，劳师远征，以致人亡兵败，南宋王朝也得以再延续二十年之久。

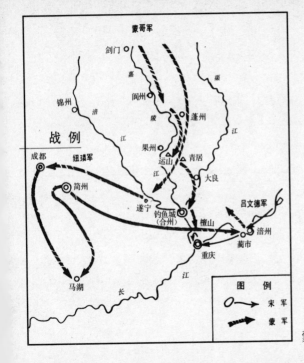

蒙军攻略四川示意图

孙 子 兵 法
SUN ZI BING FA

吴汉攻蜀先败后胜

编文：姚 瑶

绘画：徐有武 徐璐清 徐珞瑞

原　文　势均，以一击十，曰走。

译　文　凡是地势均同而以一击十的，必然败逃，叫做"走"。

1. 东汉建武十一年（公元35年）十月，伐蜀的汉军在节节胜利、进逼成都的重要时刻，主要将领岑彭被蜀主公孙述派人刺杀了。

2. 这时，伐蜀汉军的另一员主要将领吴汉驻军于广都（今四川成都南）。建武十二年秋，光武帝刘秀下诏告诫吴汉："成都有十余万兵马，不可轻视。你应坚守广都，不要主动出击。等蜀军来进攻并且在其兵疲以后，就可以击败他。"

3. 但吴汉急于取胜，没有遵照刘秀的告诫，亲率步骑两万余人立营于距城十余里的锦江北岸，准备进攻成都。

4. 吴汉另派副将武威将军刘尚领兵万余人屯兵锦江南岸驻扎。南北两营相距二十余里，形成了分离状态。

5. 刘秀得到消息，立即派人送急诏给吴汉。刘秀认为：汉蜀两方地理条件均同，而兵力众寡悬殊，如此轻敌深入，又与刘尚分兵别营，倘蜀出大军包围吴汉，另派人马击刘尚，如攻破刘尚，吴汉必败无疑。

82

6. 可是诏书还未到达，蜀帝公孙述已派谢丰、袁吉二将率十万大军出攻吴汉。

7. 公孙述另派别将率万余人至锦江南岸钳制刘尚，使刘尚兵马不能相救。

8. 吴汉匆忙率步骑与蜀军交战，激战整整一天，吴汉军终因寡不敌众而大败，被迫退入营寨。蜀将谢丰派兵包围了汉军军营。

9. 吴汉遭受这次惨败，急忙召集诸将说明所处的困境："我军转战千里，处处获胜，才得深入敌人腹地，进至成都近郊。现与刘尚两处被围，不能互相支援……"

10. 吴汉接着提出败后取胜的办法，并激励将士说："目前只有将兵马秘密撤到南岸，与刘尚会合，并力对敌，胜利才有希望。成败的关键，在此一举。"

11. 将领们一致同意吴汉的主张，于是休兵养士，闭营三日不出战。并多竖旗帜，使烟火不绝，以迷惑蜀军。

12. 入夜，吴汉下令人衔枚、马勒口，突然撤走，渡江急行二十余里，
与刘尚在江南会合。

13. 谢丰等蜀将并未察觉汉军动向，天明后，仍分兵监守江北，自率主力去攻江南汉军。

14. 汉军集中兵力拼死迎击蜀军。蜀将并未知道吴汉的主力已全部与刘尚会合，缺乏激战的思想准备；兵力又分散于锦江南北，措手不及，被打得大败，谢丰、袁吉两员蜀将战死。

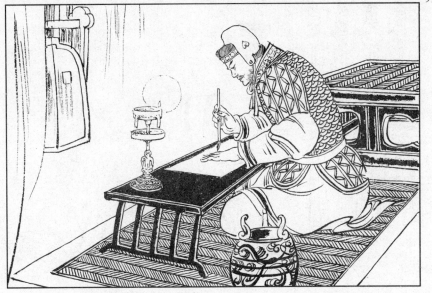

15. 于是，吴汉引大军退驻广都，留下刘尚对付公孙述的蜀军。同时，送奏章给刘秀，深自谴责。

16. 刘秀答复给吴汉的诏令说："你回到广都驻军很恰当，公孙述不敢轻易攻刘尚而后再攻你。如果他敢先攻刘尚，你率所有步骑行军五十里赶去，待敌疲困之时出击，定能取胜。"

17. 此后，吴汉严格按照刘秀的旨意，坚守广都，见机行事。

18. 在与前次战败时"地势均同"的情况下，吴汉军以优势兵力与蜀军
作战八次，均获胜利，终于进占了成都外城。

田布无力御军兵散身亡

编文：良 军

绘画：池沙鸿 群 艺

原　文　卒强吏弱，曰弛。

译　文　士卒强悍，军官懦弱的，指挥必然松弛，叫做"弛"。

1. 魏博节度使田季安，一向控制着魏博地区，成为割据势力，与唐王朝分庭抗礼。唐宪宗元和七年（公元812年）八月，田季安病死，其子幼弱。步射都知兵马使田兴乘机发动哗变，归顺朝廷。唐宪宗封田兴为魏博节度使。

2. 第二年，唐宪宗赐田兴名弘正。田弘正废除了原有的一些苛刻规章制度，得到魏博将士的拥戴；在讨伐叛臣中又建立了功勋，朝廷加封他为检校司徒、同平章事。

3. 元和十五年（公元 820 年）十月，割据势力、成德节度使王承宗病死，其弟王承元决心归顺朝廷，等待诏命。唐穆宗任命田弘正为成德节度使，魏博节度使由李愬接任。

4. 田弘正到成德赴任后，其子侄辈生活极其奢侈，河北将士忿忿不平。

5. 至唐穆宗长庆元年（公元821年），田弘正的部属王庭凑在府署发动哗变，杀田弘正及其僚佐、家属三百余人。

6. 王庭凑自称节度留后，逼迫监军宋惟澄奏请朝廷承认。

7. 魏博节度使李愬听到这一消息，身穿孝服对将士说："魏博之所以有今日的安宁和富裕，全靠田公的努力。如今田公被杀，我们应该如何报答？"

8. 将士都痛哭不已。李愬取宝剑赠送给深州（今河北深县西南）刺史牛元翼，说：“我的先辈曾用此剑立大功，我又用此剑平蔡州，现将此剑送给你，希望你能用它剿除王庭凑。”牛元翼接过剑说：“愿以死效力。”

9. 李愬将要带兵出发时，突然发病，不能出征。

10. 朝廷大臣们认为魏博军强悍，只有他们能征服王庭凑。而且魏博人都敬佩田弘正，弘正的儿子田布有才能，让田布带魏博军出征，定能成功。

11. 穆宗立即下诏，任田布为魏博节度使，命他火速到魏博上任。

12. 田布原是从魏博出来的,深知魏博将士强悍,很难指挥,流着泪推辞,但穆宗和朝臣都坚持要他去。不得已,田布只得与妻儿诀别,到魏博上任。

13. 田布到任后，李愬带病办理移交，还来不及细谈，只简要述说了"魏博军自归顺朝廷以来，朝廷给以赏赐丰厚，因而兵骄将富，很难调度"，就离开了魏博。

14. 成德的王庭凑得到田布到任接替李愬的消息后，急忙调遣叛军围攻深州。深州刺史牛元翼兵力单薄，向魏博求援。

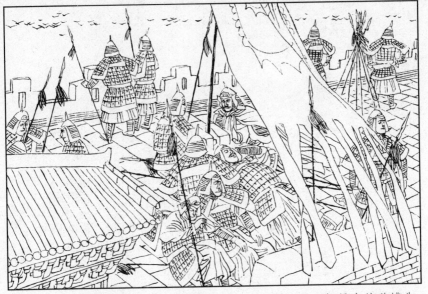

15. 田布准备发兵救援，无奈朝廷军饷迟迟不到；而心怀异志的魏博先锋兵马使史宪诚又从中煽动军心，定要见到粮饷才肯出兵。于是拖延数月，田布拿出所有积蓄分给将士，亦无济于事。

16. 直到长庆二年（公元822年）春，田布才得率魏博军讨伐王庭凑。这时正逢大雪，军士受不住冻饿，停止不前。田布立即下令收取当地的租赋，以充作军用。

17. 掌握着全部精锐的史宪诚又乘机煽惑："军队开支，应当由朝廷供给，如今田尚书刮当地民脂民膏而肥朝廷，这里的父老乡亲有什么罪？"田布竟无言以对。

18. 正在此时，朝廷又下诏命田布分出一部分兵力给深州行营节度使李光颜，以救深州之危。于是田布兵力更弱，刚与王庭凑兵接战，就被击败。将士们愈加倒向史宪诚，不听田布命令了。

19. 回到魏州后，田布召集将佐商议再次出兵。将佐们说："尚书如能脱离朝廷，我们就生死相随；不然，我们就不再出战了。"田布还想再说，将佐们竟拂袖而去。

116

20. 田布长叹一声说："功不能成了！"便自作遗表："臣观众意，终负国恩。臣既无功，敢忘即死……"写完表，交给幕僚李石，走进内室。

21. 他在父亲田弘正的灵位前哭拜后说:"我只能以此上谢君父,下示三军了。"说罢,抽刀刺心自尽,年仅三十八岁。

22. 史宪诚得悉田布已死，当即自称节度留后，上报朝廷。朝廷君臣昏庸，竟不追究，授史宪诚为魏博节度使。史宪诚明顺朝廷，暗中联结叛军，拥兵自立。